천국의 일상

주명희 시집

시음사
시사랑음악사랑

종합문화예술인 주명희 시인이
보여주는 "천국의 일상"

주명희 시인의 작품세계는 직서적(直敍的)인 표현으로 시어를 진솔하게 엮음으로써 감각적인 시어의 구사와 회화적인 묘사로 선명하게 표현하는 능력을 갖추고 있다. 시인이 어떠한 감각으로 사물을 관조하는가에 따라 그 대상은 잠들어 있을 수도 있고 날개를 달고 새로운 삶을 찾아 여행할 수도 있다. 그러기 위해서는 내조적 상황의 현상들을 통해 우회적으로 제시하고 인간생활의 결함, 악폐, 불합리, 우열, 허위 등을 꼬집으면서 사랑과 우정을 잘 조합해 적절한 표현을 해내는 특별한 능력이 있어야 한다. 그런 시인의 작품을 보기란 쉽지 않다. 詩를 표면적으로 드러나는 일차적인 자연의 모든 것과 내면적으로 표출하는 감정, 서정적인 것이 상호관계를 이루며 내적 비밀을 언어예술로 표현하는 주명희 시인의 작품 세계를 정독할 기회가 되어 기쁜 마음이다.

추상성이 적절히 가미된 모더니즘적 수법으로 인간에 대한 애정의 표현을 시대에 맞게 표현해내는 주명희 시인이다. 간결하고 감각적인 조사와 신선미 넘치는 이미저리의 서술 기법으로 자연의 섭리와 인간 내면의 세계를 상징적으로 조화시켜 놓은 작품들을 보여주던 시인이 이제 첫 시집 "천국의 일상"을 세상에 출산시켰다. 이번 작품집으로 인해 많은 독자와 희망을 꿈꾸는 세상 사람에게 던져진 화두가 무엇인지를 알 수 있을 것이다. 주명희 시인은 시를 쓰고 수필을 쓰면서 시낭송도 도전하는 실력 있는 종합문화예술인이다. 이제 시인만의 삶 속에 잉태시켰던 "천국의 일상"이 이름표를 달고 출산이라는 고통을 감내하며 독자 앞에 선을 보인다.

사단법인 창작문학예술인협의회 이사장 김락호

시인의 말

처음이라는 것은 언제나 설렘이고 두려움입니다.

세상에 나를 여과 없이 드러내는 것은 참으로 용기가 필요한 것 같습니다.
'나는 용기 있는 사람'이라 주문을 외우며 크게 숨을 들여 쉽니다.

일을 하면서 글을 쓸 수 있음은 헌신적인 시어머니 황석화 여사님과 세상에서 가장 멋진 나의 남편 김대경, 보물1호 태우가 있었기에 그리고 나와 함께 해 주는 많은 분들이 계시기에 가능하였습니다. 사랑하는 가족들과 지인들께 감사함을 전합니다.

나의 끄적거림과 넘쳐나는 사치한 생각들을 모아
한편의 시로 엮어봅니다. 한편이라도 어느 누군가의 가슴 속에 감동과 여운으로 남기를 소망합니다. 어느 시인의 글이 제 가슴에 남아 있듯이...

2016년 6월
시인 주명희

* 목차 *

천국의 일상 8

민원제기 9

외모지상주의 10

박제된 호랑이 11

글래스 피쉬 12

알 수 없는 것 13

사과 연구 14

개트럭 15

가벼운 인연 2 16

말하지 않아도 알게 되는 것 17

보물찾기 18

인생 19

세상이치 20

5월의 보물찾기 21

키티가 된 강아지 22

운 좋은 날 23

부모님께 24

금낭화 25

검정 거짓말 26

치매 27

소중한 것들 28

잡스의 음모 29

나의 변명 30

시를 쓰고 나서는 31

휴대폰 안식일 32

볼매 33

덕후 34

귀한 사람들 35

여보당신 36

새부부 37

* 목차 *

이팝나무 이야기 38

포플러 나무 아래 39

2014년 4월 세월호 40

어머니 41

커밍아웃 42

한잔 커피 43

기쁨훈장 44

하루의 탄생 45

섬 이야기 46

이상한 용기 47

녹차라떼 48

꽃 눈 49

불혹 50

이른 아침에 습작 51

숲이 내게 하는 말 52

그리움 53

4월의 눈(광양 매화축제) 54

사는 이유 55

팽목항에서 56

우리 언니 57

나의 하루 58

기차를 기다리며 59

바쁜 삶 60

새조개 61

봄비 62

봄비 2 63

나의 봄 64

영원을 사는 방법 65

동백 66

3월이 되면 67

✽ 목차 ✽

가벼운 인연   68

봄이 오는 소리   69

영춘화   70

행복한 왕따   71

소백산의 추억   72

10년 후의 나에게 (쉰의 나에게)   73

황금 주말   74

지나친 배려   75

아이야   76

비 맞는 느낌   77

종합병원   78

잿빛 하늘   79

인연이란 것   80

지혜를 기다리는 태우   81

생 과 사   82

시를 쓰라 하네   83

만남   84

바람으로 오시나요   85

엄마   86

엄마말씀   87

종합병원 응급실   88

천국   89

일상이란 것   90

슬픈 꿈   91

아침을 여는 사람들   92

퇴근길에   93

이별을 고하는 낙엽   94

윤슬 (태화강)   95

투명 비둘기   96

어느 고양이가족 참변사   97

QR 코드

스마트폰으로 QR 코드를 스캔하면
시낭송을 감상할 수 있습니다.

제목 : 비 맞는 느낌

시낭송 : 박순애

* 목차 *

부부	98
선물 받은 시간	99
새로운 아침	100
아파트 세 들어 사는 고양이 가족	101
메기이론	102
우는 어린나무	103
커피숍 국화꽃	104
천국	105
가을 미륵산	106
들꽃으로 피어나고 싶네.	107
승리의 오늘	108
마흔의 어느 날	109
어른이 되기까지	110
가을볕이 따가운 이유	111
회색빛 날	112
부추꽃	113
내 마음의 계산기	114
당신으로 세상이 조금 더 따뜻해졌습니다.	115
개망초	116
영수굴비 한도롬	117
억만금 보석	118
가을토끼	119
영천댁	120
아날로그 사람	121
유년의 기억2	122
유년의 기억	123
단풍	124
들여다 보아요	125
청도소싸움	126
성묘	127

QR 코드

스마트폰으로 QR 코드를 스캔하면
시낭송을 감상할 수 있습니다.

제목 : 당신으로 세상이
　　　조금 더 따뜻해졌습니다.
시낭송 : 주명희

천국의 일상

사후세계를 논하며 저마다의 천국을 꿈꾼다.
정말 천국이 어딘가에 있는 걸까
그곳은 행복으로 넘쳐 나는 걸까

오늘 하루 아옹다옹 치열하게 살아내고
고단한 몸 이끌고 집으로 돌아오는 길
지는 노을에 잠시 넋을 잃는다.

우리만의 아지트
강아지 같은 내 새끼 달려오고
사랑하는 가족들 반겨주며 오순도순 한 끼 식사

적당히 따뜻한 물로 샤워하고 노곤해지면
이불 덮고 불 끄는 것,

아무런 걱정 없이 꿈속을 날아다니는 것
나는 매일 천국에 와 있는 것을.

민원제기

꼬꼬댁~~하고 새벽을 알려주는 활기찬 그 소리가
어느 날부터 들리지 않는다.

항상 즐겁게 기다리는 아침을 여는 소리
이웃집 농가에 풀어놓고 키우는 다섯 마리 닭들에
아파트 어느 주민이 소음이라 민원을 넣었다는데

공짜로 새벽 알람해주는 고마운 그 닭들에
무료 서비스마저 거부하고 소리 없는 평화를 원하였구나.
그러고 보니 소쩍새, 뻐꾸기 소리도 안 들리더니,
어느 누가 진작에 민원을 넣었었나 보구나.

천국의 일상

외모지상주의

가만히 들여다 봐.
너의 눈과 너의 코, 너의 입술
아주 특별하잖아

바닷가에 그 많은 자갈돌도 다 다르게 생겼지.
지상의 어떠한 것도 똑같지 않은 것은 경이로운 사실이야.

헤아릴 수 없는 별처럼 많은 사람들이
제각기 다른 자신만의 삶을 가꾸어 나가는 거야.

개성을 거부하고 붉은 선으로 얼굴에 그림 그려
차가운 메스 대어 인형 같은 미소를 지으면
나를 보는 사람들은 좋아하는 것 같지만
사실은 나의 높아진 코를 보며 웃는 거야.

보이는 것에 집중하지 말고
마음속을 예쁘게 가꾸면 돼.
비용은 공짜!
오늘 하루
크게 웃으면 되는 거야.

박제된 호랑이

박물관에 박제된 시베리아에서 온 거대한 호랑이
이빨을 드러내며 섬뜩한 눈을 부라리고 있는데도
그 모습이 처연하다.

광활한 시베리아 벌판을 누빌 때
마주치는 사람도 동물도 벌벌 떨며
두려워했을 거대한 동물이 우리 앞에 헐벗고
유리장 안에 갇혀있다.

삶이 다 하였을 때
한줌 재가 되어 손바닥만한 벽장 속에
들어가는 인간보다 낫구나.
지나간 추억 속 우리의 모습을 기억해줄 이
없을 진데 너는 인간보다 정말로 낫구나.

한마음 회관(울산 동구에 위치)에 정몽준의원이 1997년 8월 25일
러시아 연해 주지사 이바노비치로 부터 기증받은 시베리아 호랑이

천국의 일상

글래스 피쉬

너무나 투명하여서
너의 몸속을 가릴 수 있는 것이
아무것도 없구나.

겹겹이 쌓아두고 숨기고 싶은 너만의 비밀
어쩌나! 뼛속까지 훤히 들여다보이니
숨을 곳조차 없구나.

그렇지만 슬퍼 마라.
다 가릴 수 있는 사람들은
절로 내어 보이거든.

알 수 없는 것

한밤중에 개구리는 우는 걸까
그들만의 향연을 벌이는 걸까
개구리가 아니면 알 수 없는 것

인생은 알쏭달쏭
죽었다 깨어나도 알 수 없는 것
사람의 마음도 그러하다.

천국의 일상

사과 연구

사과가 추락하면
뉴턴은 만유인력을 발견하여 역사 속에 남고
잡스는 사과회사를 만들어 역사 속에 편입하였다.
빌은 아들을 구하고
아오모리현의 늙은 농부는 합격사과를 팔고

나는 시를 써볼까 궁리 중이다.
어느 이의 가슴에 歷史(역사)나 될까보다.

개트럭

이른 아침 출근길에
신호에 걸린 내 차 옆에
늙은 개들로 가득한 트럭이 멈춰 섰다.
더러운 트럭에 개들은 얼기설기 엉켜서
초점 없는 눈동자로 먼 곳을 응시한다.

커다란 개의 눈망울이 마치
오랫동안 만나지 못한 친구의 눈동자처럼 선하다.
인터넷에 돌아다니던 사진 한 장
포로수용소의 포로들이 깍지를 끼고
꿇고 있던 모습이 포개진다.

인간이 인간의
인간이 동물의
자유를 갉아먹는다.

나의 하루가 시작되는 이른 아침
슬픈 눈을 한 개들을 가득 실은 트럭은
어디론가 쌩쌩 달려간다.

천국의 일상

가벼운 인연 2

네가
너무나 좋아서 붉은 심장을 죄다 꺼내놓았지.

붉은 나의 심장을 바람과 햇볕에 바싹 말려
술안주로 잘근 잘근 씹어 먹더라.

칼날 심은 말 심장에 꽂아 놓고
너는
잊어버리고 또 웃더라.

그냥 옷깃이 스쳐서
너와 인연이 닿았다고 그리 생각하자.

그리하여 더 다칠 것도 없는 심장
더 깊은 상처입지 않도록…

말하지 않아도 알게 되는 것

말 못하는 동물들은 마음으로 읽는다.
나를 사랑해주는 사람에 달려가
꼬리를 흔들고 온 몸을 비빈다.

별빛같이 영롱한 눈동자의 아이들은 읽는다.
나를 사랑해 주는 사람에 달려가
와락 안겨든다.

곰 같은 나도 기가 막히게 사랑을 읽는다.
나를 사랑하는 사람들에
말하지 않아도 알게 되는 것

眞心(진심)

천국의 일상

보물찾기

인생에 이런저런 보물 줍다가
알찬 밤들이 여기저기 톡톡 떨어지듯이
꽃 같은 추억들이 참 많기도 하다.
어느덧 흰 머리 듬성듬성 잡초처럼 올라온다.

지나고 보면
웃던 일들, 울던 일들 추억들이 보물이었는데
보물을 찾겠다고 애를 쓰며 힘겹게 살아온 세월들

돌아보니
하루하루 주어진 삶이 보물이었네.

인생

인생이란 진정 한 낮의 짧은 꿈과 같았노라.

흩어진 퍼즐 조각같이 지나온 시간들
꽃 같은 기억들 가슴 속에만 남아 있구나.
쟁취하려 했던 것들은 모두 부질없이 산화되었다.

내 떠날 때 눈물 흘려줄 이는 가족과 오랜 벗들뿐
그대들에게 말하노니

한 세상 참 따뜻했었노라.

천국의 일상

세상이치

콩 심었는데 팥이 나올 거예요.
팥 심었는데 콩이 나올 거예요.
물주고 거름주며
사람들은 기대하며 살아간다.

5월의 보물찾기

어디어디 숨었니.
꼭꼭 숨어라
이제는 찾아볼까.
내 보물들

"곧 부처님 오신 날이네"

"엄마, 부처님 우리 집에 오셔?"

아, 일곱 살 아들의 말 속에서
나는 매일매일 웃음 보물찾기 한다.

천국의 일상

키티가 된 강아지

키티는 반짝이는 눈동자로
우리를 바라보고만 있다.
하고 싶은 이야기 눈에 가득 담고
단지 바라만 볼 뿐

사랑스런 키티를 보고만 싶은 사람들은
우는 소리 듣지 않게
애초부터 입을 만들어 주지 않았다.

시원스레 짖고 싶은 강아지는
성대 수술로
기뻐도 슬퍼도 울 수 없는 키티가 되었다.

운 좋은 날

버스정류장에 도착하자마자
30분 걸러서 오는 버스가 나를 위해 대기하고
일기예보 무시하고 우산도 없이 나왔는데
버스에 올라타자마자 이내 창밖으로
굵은 빗방울이 두두둑 거리며 떨어진다.

한 시간 반 걸리는 거리를 막힘없이
50여분에 날아서 온 날

로또보다 기분 좋은 날

살다가 이런 날 있으면
열심히 달려온 내게
하늘이 주신 보너스
앗싸, 감사합니다.

천국의 일상

부모님께

오징어를 씹을 수 있는 단단한 치아가 있고
질긴 냉면을 이로 잘라먹을 수 있고
달콤한 케익의 단맛을 알고
커피향의 깊은 향기를 음미할 수 있어서 감사합니다.

토닥토닥 마사지를 받을 수 있는 것
지루박, 쌈바, 탱고 리듬을 타며 춤추고
고운 목소리 뽐내며 노래할 수 있을 때
그렇게 하세요.

다음을 기약하지 말고
할 수 있는 지금
드시고 싶은 것
하시고 싶은 것
더 이상 미루거나 양보하지 마세요.

당신이 행복해질 때
저도 행복해 집니다.

금낭화

핑크색 머리 양갈래로 묶은 요정 아이들

친구들과 사이좋게 어깨동무하고
별빛 먹고 자라났구나.

비온 뒤 이슬방울 방울 눈물처럼 머금고
'당신을 따를게요.'
또로롱 바람에 이슬 굴러 가면
까르르 낭랑한 웃음소리 들려온다.

금낭화 : 쌍떡잎식물 양귀비목 현호색과 여러해살이풀.
　　　　꽃은 5~6월에 담홍색으로 총상꽃차례로 줄기 끝에 달린다.

천국의 일상

검정 거짓말

바빠.
너무 바빠.
어린 아이들도 어른들도 모두 같은 소리
돈 없어,
힘들어 죽겠어.
에효~ 만국 공통어!

바빠도 하고 싶은 것은 다하고
돈 없어도 할 것은 다 하고
힘들어도 매일을 살아가고 있는데

가슴에 손을 대어보면 모두 다 검정 거짓말

그렇지만 너에게만은 진실을 말할게.

치매

단맛을 모르는 미각 좀 잃어버려도 괜찮아.
살찌니까 어차피 단 것 좋아하지 않잖아.
가는귀가 먹었는지 좀 안 들려도 괜찮아.
보청기를 낄 수도 있고 내가 듣고 싶은 것만 들을 수도 있잖아.
부러진 치아들은 틀니로 교정하고
어디 아픈 곳이 있으면 병원 다니면 되지.

가장 두려운 것은 내가 사랑하는 사람을 앞에 두고
낯설은 표정 지으며
"누구세요."라고 말하게 될까봐
마음 아프게 할까봐 그게 걱정돼.

누구나 감기에 걸리듯이
예외 일 수는 없겠지.

사랑할 수 있을 때 온 힘을 다해서 눈 맞추고 웃고
표현하면서 그리 살아야만해.

천국의 일상

소중한 것들

애미야, 애비는 어디 갔니?
애미야, 고양이 밥은 먹었니?
애미야, 애비는 어디 갔니?
애미야, 고양이 밥은 먹었니?

올해로 85세 되시는 우리 시외할머니는
했던 얘기들을 자꾸만 하신다.
"네 할머니" 크게 얘기해드리지만

나이가 드시면 어찌할 수 없는 것일까.
언젠가는 같은 말을 아주 자주 하게 되겠지

시어머니 曰,

"나도 똑같은 말 많이 하지 않니."
라며 웃으신다.

마음속에 중요한 것들은
나이가 들수록
자꾸만 입으로 되 내이게 되는 것인가 보다.

나는 지금 할머니와 시어머니의 중요한 것들을
확인 중!

잡스의 음모

인류에게 위대한 선물을 주고 떠난 그는
우리가 사색하는 것을 원치 않았다.
손가락을 까닥이며 손 안에 주어진 세상에서
홀로 웃고 홀로 대화하고 홀로 울게 만들었다.
마치 그 자신이 그랬던 것처럼.

애나 어른이나 인류 공통의 감성을 마침내 찾아내어
작은 세상에 가둬두는 것에 성공하였다.

진정으로 외로웠던 사람
인류를 외롭게 하는 꿈을 이루어

이제는 모두 외롭게 되었다.
손가락만 까닥이면서

천국의 일상

나의 변명

삶은 변명꺼리들로 가득 차 있지.
내가 왜 거기에 갔었는지
내가 왜 그런 말을 했었는지
내가 왜 그럴 수밖에 없었는지

실은 침묵으로 이야기 하는 것이 더 좋을 때가 있어.
주저리주저리 풀어 놓지 않아도
상황정리
상황종료

여러 가지 변명으로 포도송이처럼 채워진 하루
어둠이 내리고서야 홀로 침묵하였다.

내일은 침묵하게 하소서.

시를 쓰고 나서는

있잖아. 나에게는 비밀이 있는데
나는 아무래도 초능력자임에 틀림없어.

바람에 나무들이 흔들거리며
외로워도 잘 견뎌내고 있는 저를 보라고
나를 위로해주더라고
이름 없는 길섶의 꽃들조차
이름 따위 상관없다며 따뜻한 미소 던져 주고
길 위의 야윈 고양이며
날아가는 새들이며

나에게 상처 주는 사람들조차도
나에게 가르침을 주는 것이라고
모든 것들이 나에게 말을 걸어오기 시작했어.

시를 쓰고 나서부터 말야.

천국의 일상

휴대폰 안식일

이른 아침 휴대폰 알람소리에 눈을 뜨고
휴대폰으로 뉴스보고
일정 검색하고
문자 메시지 답을 하고
하루 종일 휴대폰 끼고 귀 따갑도록 듣고 말하고

거리의 사람들도 손바닥만한 자신의 세상에 빠져서
앞도 보지 않고 걷는다.
사람들을 만나도 모두 자신의 세상을 손바닥에 붙여놓고
만지작..만지작..
잠자리에 들기 전까지 하릴없이 검색..검색..

월요일부터 금요일까지 긴 노동의 시간 동안
휴대폰과 완전체였던 나의 정신
주말에는 안식일로 정해놓고 자유로워지자.

주5일 근무, 주말은 휴대폰 안식일입니다.

볼매

들여다 보매
보일 듯 말 듯 지는 눈꺼풀도 멋지고
좀 튀어나온 앞니도 토끼처럼 귀엽기만 한데 뭐 어때
조금 삐져나온 살들도 말랑말랑
너무 작지도 크지도 않은 키도 딱 좋아.

무엇보다도 눈동자에서 쏟아지는 반짝이는 수많은 별들로
너는 아주 특별한 사람인걸.

천국의 일상

덕후

다양한 것을 경험하는 것도 좋지만
무엇인가 한 가지에 집중하는 것도 좋아.

만화에 빠져도 좋아.
게임에 빠져도 좋아
채팅에 빠져도 좋아.

한 가지만 기억해!

그것으로 내 인생을 허비해서는 안 돼.

내 인생과 바꿀 수 있는지
생각해 보는 거야.

덕후 : 1970년대 일본에서 등장한 신조어로 어떤 분야에 마니아 이상의
　　　열정과 흥미를 가지고 있지만 사회성이 결여돼 있는 사람을 뜻한다.
　　　일본어인 오타쿠를 한국식 발음으로 바꿔 부른 말이다.

귀한 사람들

물건 파는 상인에
실랑이 하지 말자.
종일토록 그 자리에서 당신만을 오매불망 기다린 그에게
당신이 필요한 것을 받으면서 미소로 화답해 주자.
물건에 행복을 덤으로 얻는 거지.

폐지 줍는 노인에
쓰지 않을 종이를 내어 드리자.
우리네 어머니, 아버지일 수도 있는 그 분
뒷모습에 쓸쓸함 묻어 있는 것은
사연이 많으신 탓일 게야.

택배기사님
문 앞에 물건을 두고 갔다 해서 그리 화내지 말자.
가가호호 초인종 누르시며 무거운 짊 종일토록 지는 그 분,
어느 집의 가장이요 귀한 아들인 것을

모두 귀한 사람들
귀히 여기면 세상에 다툴 일이 무어 있을까.

타인의 슬픔 들여다보지 않아도
상처에 덧대지 않게 하는 하루 되게 해주소서.

천국의 일상

여보당신

행복한 것은 언제나 짧다고 스무 살의 당신이 말했지요.
젊은 날 우리의 여행이 그리 짧았듯이
푸르름과 젊음으로 가득 찼던 우리는 흰머리 희끗희끗
서로의 머리카락을 뽑아주는 사이가 되었구려.

인생의 가장 치열한 레이스에 올라서서
어느덧 인생의 절반을 달려와 있습니다.
더 성숙된 생각으로 함께 손잡고 나갈 당신에
쑥스럽지만 이 말 하고 싶네요.
"당신이라서 고맙습니다.
당신이라서 행복합니다.
당신만을 사랑하겠습니다.
부탁이 있는데...

담배 좀 끊어 줄래요?
오래 같이 살게."

새부부

아침이 되면 함께 노래 부르며
함께 날아 열매를 따고
비가 오면 함께 비를 비하고
다툴 일이 무어 있을까.
다정해 보이기만 하는데
나도 너처럼 그리 살고 싶구나.

천국의 일상

이팝나무 이야기

밥풀이 주렁주렁 달린 하얀 나무 이야기 하나 해줄까.
밥 배불리 먹는 게 소원이던 옛날 옛적
오랫동안 병으로 누워계신 어머니를 보살피는 아들이 있었지.

하얀 밥을 드시고 싶어 하시는 어머니를 위해 쌀밥을 드리고
걱정하실 어머니를 위해 아들은 꽃 밥을 먹은 거야.

이팝나무에 꽃이 만개하면 풍년이 들게 해달라는
아들의 소원이 이루어져
이제는 모두 배부른 세상이 된 걸까.

이팝나무 꽃에는 하얀 행복들이 주렁주렁 매달려 있다.

포플러 나무 아래

모두가 잠들은 새벽에
나 홀로 거리를 걷는다.
쉴 새 없이 오고 가던 차들은 온데간데없이
역사의 조각으로 사라지고 적막만 흐른다.

가로등빛 등에 업은 포플러 나무 꽃들이
하얗게 웃음을 터트리며
나에게 얘기를 걸어온다.

너와 나
가장 순수했던 그때
아름다운 꿈을 속삭이던 젊은 날의 우리가
환하게 웃고 있다.

2014년 4월 세월호

4월은 잔인한 계절,

길었던 추위의 겨울 깨치고 만물이 싹을 트며
저마다 머리를 들어 올리고
꽃들은 지상에 축제하듯 꽃망울을 터트릴 때

깊은 바다 속으로 영원히 가라앉은 꽃 같은 아이들.
달나라도 여행 간다는 첨단의 끝에서

헛웃음 나오는 현실을 마주하고도
어찌할 수 없어서, 없어서
모두 이방인과 같은 표정으로 묵인한다.

망각의 동물들은
찰나의 행복을 찾으며
오늘을 포식하며 어디론가 바삐 가고만 있다.

어머니

내가 모시는 전지전능하신 분이 있지.
곁에만 있어도 아픔이 사라지고
손길만 닿아도 가슴이 따뜻해지고
이름만 불러도 목이 메이는
그 분이 있지.

보고플 땐 전화를 걸어 목소리를 들을 수 있고
달려가서 품에 안길 수도 있는
나를 위해 모든 것을 내어 놓으시는
그 분이 있지.

같은 하늘 아래에 있는 것만으로도
감사한 분이 있지.

커밍아웃

세상에 멋진 남자 너무나 많은데
세상에 예쁜 여자 너무나 많은데
굳이 같은 性을 사랑하는 이유가 있을꺼야, 있을꺼야.

이해할 수 없는 것들로 넘쳐나는 세상

여자끼리 결혼하고
남자끼리 결혼하고

자연의 순리대로 살아가면 좋지 아니한가.
나는 남자가 참 좋다.

한잔 커피

전진하며 달려오던 하루
달콤한 커피 한잔
사치의 시간을 가져볼까.

십리대밭 대나무들은 바람에 이리저리 끝없이 속삭이는데
한잔 커피향이 퍼져나갈 때
그 소리 마음에 비로소 들려오네.

꽃잎들 따스한 바람에 날려 다니며
정처 없는 여행길 나서는
햇살 좋은 어느 날에

태화강 커피 볶는 고래에서

기쁨훈장

웃을 때마다 눈 옆으로 뻗어지는 겹주름
보톡스도 맞고 눈도 잡아당기고도 한다지만
나는 자연히 새겨진 내 주름이 사랑스럽다.

그것은 웃음의 훈장이다.
많이 웃고 많이 행복했던
내 삶의 흔적
슬픔보다 기쁨이 많았던 나의 발자취가
자랑스레 하나 둘 그려진다.
나는 행복한 사람... 행복한 사람...

하루의 탄생

응애응애 아기가 세상에 나오듯
이글이글거리는 붉음 속에서
태양이 떠오르며 하루가 탄생이 된다.

매일매일 새롭게 태어나는 저 태양처럼
어제의 슬픔, 기쁨까지도 지워버리고
날마다 새롭게 태어나자.

그리하여 매일을 살아가는 것이다.

섬 이야기

살아가는 것은 외로움을 견디는 일이라
어느 시인이 얘기했었지.
그 시인은 분명 나를 보았을 거야.

하늘이 화내며 비, 바람 거세게 몰아치고
거센 파도가 끝없이 밀려와 나를 부수려 때려도
나는 울지 않았어.
그리고 나는 아무나 붙잡고 내 얘기 풀어놓지 않았어.
새들이 잠깐 쉬다 가며 수다를 떠는 것,
바람과 파도가 하는 이야기를 들어만 주었지.
그들의 이야기 듣다 보면 나는
내가 제일 행복하다는 걸 느꼈지.
홀로 있지만 그래도 행복하다는 걸.

이상한 용기

'수면내시경이시죠?'
'아니요. 일반요.'
남들이 꺼려한다는 일반내시경을
해 봐야겠다.

나는 강한 사람!
스스로를 시험대에 올려놓는 이상한 모험심

목구멍으로 꼴깍 삼키는 가느다란 호수는
식도를 지나 십이지장으로 아래로 아래로
내 몸속을 휘휘 구경한다.

아. 나는 강한 사람이 맞구나.
잘했어! 스스로 칭찬하며
마취스프레이로 얼얼한 목을 잡는데
뿌듯한 미소가 실실 나온다.

천국의 일상

녹차라떼

부드러운 연둣빛깔 거품 위로 새겨지는 부러운 하트
커피에 찌들린 내 심장이
때때로 원하는 것
음~
향기를 맡으면
어느샌가 초록색 광활한 평지에 나 홀로 서 있는 듯
나에게 힐링이 필요할 땐
홀로 한적한 카페를 찾아
혼자만의 달콤한 자유를 만끽한다.

꽃 눈

계절이 바뀐 것을 알아차리고
봉오리 봉오리 터트리며
지상의 꽃들이 잔치를 한다.

바람에 꽃눈이 흩날리며
아름다운 계절이라 속삭여주는데
이 계절을 시샘하듯
어김없이 봄비가 내려
꽃눈을 휘 몰아간다.

젊음이 잠깐이듯
이 계절 또한 잠깐 머물다 가는구나.

불혹

신호탄은 이미 떨어진지 오래다.
신발을 다시 고쳐 맬 시간 따위는 없는
가장 치열한 인생의 레이스 위에 헐떡이며
전진하고 있다.

가슴이 터질 듯해도 쉴 수가 없어 그렇다고
왔던 길 돌아갈 수도 없는 삶의 치열한 레이스

누가 아군이지 적군인지 구분도 안 되는 속에
친절한 말과 미소에 그만 눈이 멀어버리는
어리숙한 자신,

세상일에 정신을 빼앗겨 갈팡질팡하거나 판단을 흐리는 일이
없게 된다는
성인의 말과는 무관하게
세상물정 모르는 사람은
보이지 않는 결승선을 향해서 달리고만 있다.

이른 아침에 습작

부지런한 나의 알람은 여지없이 4시 55분에 요란스레 울려댄다.
아직 까만 밤, 별도 달도 남아 있는 이른 아침

홀로 깨어 있는 즐거움
전화벨도 문자도 없는
온전한 나만의 자유
나만의 공상의 시간
내 기억의 조각들이 시가 되고파
내 손끝에서 바삐 움직인다.

숲이 내게 하는 말

숨을 헐떡이며 달리지 않아도 된다고
내가 없어도 세상은 아무렇지 않게 돌아갈 거라고
단지 너를 아는 몇몇 사람들은
슬퍼하겠지만 그것도 잠시
어차피 제 삶이 바빠서 오랫동안 슬퍼하진 않을 거라고
이제는 지는 노을 바라보고
호수 같은 하늘도 올려다보고
손바닥 펴고 마디마디 지나가는 바람결 느껴보라고
숲이 내게 말을 건네 온다.

그리움

물가에 투영되는 그리움
이 그리움의 근원에 네가 있어
물가에 비추어 보면
내 속에 당신이 있네.
어느 것 하나 올곧이 내 것이지 않은 삭막한 세상에
지독한 그리움만은 철저히 내 것이라며
수면 위의 파문이 속삭여주네.

4월의 눈(광양 매화축제)

4월에 눈이 내리네.
겨울의 고단한 기억들
눈결 따라 날려 보내려
차갑지도 않을 눈송이들이 봄바람에
내 가슴에도 날아 들어오네.

사는 이유

응애~울며 세상에 나왔던 때
세상이 만만치 않다는 것을 이미 알고 있었던가.
따뜻이 안아주던 어머니 손길
그것은 영원하지 않다는 것
무엇을 찾기 위해 하루 24시간 365일을 모아서
달려만 나가는 것일까.
삶에는 후퇴란 없다. 전진만 있을 뿐.
생이 다하기 전에 그 해답을 찾을 수 있을까.
후회하지 않았노라 평안히 떠날 수 있을까.
아등바등 점같은 하루들이 모이면
그 너머에 내가 찾으려는 해답이 있을까.
나는 진정 찾고 싶다.
그것을 찾으면 알 수 없는 이 허무감을 극복할 수 있을까.

팽목항에서

비가 추적추적 내리고 파도가 사납게 성내는 날
포효하듯 슬프게 울고 있는 중년의 여인
생때같은 자식 바다에 매장 당할 때
중년의 여인도 세월호와 함께 침몰하였다.
진인사대천명이라 죽을 것 같은 목숨은
꾸역꾸역 외줄곡예 타며 연명해 나가지만
껍데기만 남은 몸뚱이는
이미 이승과 저승을 오가고 있을 뿐
십수 년을 애지중지 키워온 목숨보다 귀한 자식 생각에
유리 조각 위를 걸어가듯 생살 찢기는 고통 속에
죽지 못해 사는 인생
비가 오는 날은 우리 애기 많이 춥겠다고
햇살 좋은 날엔 여행 간다 잠 못 이루며 들뜬 모습 잊지 못하고
멈춰버린 시간 속에 스스로 족쇄를 채우며
죄인 되어 살아간다.

우리 언니

창밖으로 바람이 무섭게 쌩쌩 몰아치는 시퍼런 저녁에
온 세상이 하얗게 눈이 펑펑 쏟아지는 날
검푸른 천둥 번개 세상을 뒤집듯이 요란할 때
내 마음은 걱정으로 가득 차 있다.

'우리 언니 춥겠다.'

예쁜 우리 언니 머리에 흰머리 하나 둘 올라오고
곱던 손은 거칠하고, 하얗던 볼은 불그스름해지고
세월이, 거친 생활이 언니를 철보다 강한 사람으로 무장시킨다.

'언니가 행복하면 좋겠어!'

진흙 속에서 진주를 찾고 있는
우리 언니 생각이 난다.

이렇게 궂은 날에는

나의 하루

두꺼운 철 옷을 갈아입고
오늘 하루 심호흡하며 무장한다.
나의 어리석음과 아둔함을 감추기 위해
총알도 뚫을 수 없는 옷으로 갈아입어야 한다.
설령 옷이 벗겨지더라도
나의 순수를 드러낼 수는 없는 것이다.
포복, 기습
전투자세 완료!

기차를 기다리며

일찍 도착한 기차역에서
제한된 시간의 여유를 누린다.
모두가 서두르는 총총한 걸음걸이
그 속에 정지된 것 같은 내가
이방인처럼 앉아있다.
커피 한잔의 사치를 가져볼까
따뜻한 햇살
살랑대는 바람
향유할 수 있는 자의 것들
익숙지 않은 곳으로 나를 데려다줄
기적 같은 기차를 기다린다.

바쁜 삶

바쁘지 않은 삶이 어디 있으랴.

버스정류장에서 떨어진 과자 조각을 쪼아 먹으며
눈치 살피며 왔다 갔다 부산한 비둘기

버스를 기다리는 사람들 약속한 듯 고개 숙이고
스마트 폰에 손가락이 바쁘고
오고 가는 차들도 짜증스레 경적을 울린다.

바쁘지 않은 삶이 어디 있으랴.

모두 바쁘다는 소리를 약속한 듯 내뱉는 사람들
바쁘게 돌아가는 세상,
여유는 그 누구의 것이란 말이냐.

새조개

어느 새의 부리인가 아니야 조개껍데기

참새가 바다에 들어가 조개가 되었다는데
하늘을 잊지 못해서 하룻밤에 10리를 날아간다는
조개새야.
달짝지근한 부드러운 속살로 사람들을 유혹하고
유유히 바다 속 어딘가에 날고 있는 새

세상 소식 듣고 싶거들랑
어느 어부의 그물에 걸려서 나에게 오라
소주 한 잔 초고추장에
나의 시름 이야기 들려줄게.

봄비

투명한 이슬 가지마다 알알이 맺혀
비상의 날을 꿈꾼다.
겨우내 웅크리고 있던
고사리같은 살들
꽃망울 터트리려 기다려왔던 인고의 시간

이제는 때가 왔다.

숨겨놓은 소망 펼치려
개화를 준비하는 새순

단비 맞고 춤추듯
소리 없는 재잘거림

산천에 화려하게 수놓을
꿈같은 시간

봄비 2

바닥으로 떨어지는 빗방울은 경쾌한 왈츠다.
동그란 원을 끝없이 그리며 떨어지고...
떨어지고....

그것이 재밌기도 하여서 한참을 바라다본다.
동그란 원 속에는
유년의 나의 모습, 어머니 모습, 친구 모습
하나씩 그려진다.

괜시리 마음을 흔들어 놓는 소리 없는 빗방울
아, 이제 봄이 구나.

나의 봄

햇살 맞으며 늘어지게 잠을 자는 고양이

온몸을 쭉 뻗으며 기지개 켜고 하품하는 고양이

포근하고 사랑스러운 고양이 같다.

영원을 사는 방법

신호에 걸린 차 안에서 찰나에
영원히 사는 방법에 대해 생각한다.
겨울의 끝자락, 봄의 입구에서 만나는 봄비가
바닥으로 톡톡 떨어질 때
또는 교복입은 소녀의 우산을 거쳐 떨어질 때
봄을 노래한 어느 시인을 생각하게 된다.

이름은 잊었지만 그의 생각을 떠올리게 되는 것
그리하여 그는 영원히 나와 함께 사는 것
불멸의 방법을 깨우치는 어느 아침 출근길.
영원히 사는 방법을 궁리한다.

동백

어느 차가운 겨울에
한그루 동백나무 아래에
뚝뚝 떨어져 있는 붉은 꽃 머리

아름답던 모습은 온데간데없이
서서히 싸늘해져 가는 꽃봉오리여.
아무도 돌아보지 않는 너의 주검.
너는 우리네 모습과 닮아있구나.

좋은 시절 다 두고 굳이 힘든 날에 피었다가
따뜻한 봄날 두고 먼 길 떠나는 열정덩어리
얼어붙은 마음 녹여주려 겨울에만 피는 꽃이여.

겨울에 다시 만나자.

3월이 되면

긴 터널처럼
끝나지 않을 것 같던 추위가 누그러지고
골목골목 초라하게 헐벗었던 나뭇가지들에는
어느덧 팝콘처럼 꽃망울들이 웃기 시작한다.
웅크렸던 나의 어깨를
활짝 펴고 봄 향기에 취해볼까.

얼마나 기다렸던가. 이 봄

함께하자 했던 사람을 그리워하며
포근한 봄 향기를 혼자 향유하기 죄스러운 마음이여.

이다지도 아름다운 계절에
마음 한편이 아리고 눈물이 나는 것은...

가벼운 인연

그에게 실망할 필요는 없는 것이다.
내가 그를 얼마나 사랑하는지 얘기하려 하지말고
그에게 사랑받으려 애쓰지 말자.
인생은 어차피 혼자만의 몫인 것
그로 인해 내 인생이 행복했음을 감사하자.

내 마음에 들어온 것도 떠나는 것도 그이지만
그렇다고 슬퍼할 일도 아니다.
셀 수 없이 많은 인연 중에
스쳐 지나가도 좋았을 그 인연에
찰나일지라도 함께했음을 기억하자.

봄이 오는 소리

아침부터 보슬보슬
비가 속살거려
창문으로 주르륵 줄을 긋는다.
나뭇가지들, 잎사귀들도
살랑살랑 손짓하고
꽃봉오리들도 하나 둘 겨울잠에서
깨어나 기지개를 켠다.
춥고 길었던 겨울에 안녕하고
따뜻한 바람 불어오는
포근한 어느 하루
만물은 온몸으로 봄을 맞고 있다.

영춘화

겨울 속에 피어 있는 노란 꽃이여.
개나리가 계절을 착각하고 피어난 줄 알았지.
너는… 개나리가 아니거늘
무심한 사람들은 개나리로 규정하고
어리석은 이라고 조롱한다.

굳이 네가 개나리가 아니라고
목청 높여 얘기해봐야 무슨 소용 있으리.
너는 그냥 그대로 아름다운 꽃이거늘.
봄을 맞이하며 부지런히 개화하였는데
네 이름이 무슨 상관이란 말이냐.

행복한 왕따

이른 아침 하늘색 하늘에
한 마리 새 구름을 가로지르듯
힘찬 날갯짓을 한다.
유선형으로 무리들과 한데 가지 않고
홀로 어디를 저렇게 가는 것일까.

갈매기 조나단처럼 더 높은 곳을 갈망하는 것일까.

수많은 사람들 속에
홀로 걸어가는 자를 바라본다.

오늘 아침 날이 밝자마자
홀로 날갯짓을 하며
어디를 향해 그리 날아가는 것일까.

그 아침에

천국의 일상

소백산의 추억

그날 밤에 바람이 시원스레 불고
보름달이 너무나 가까이에 있었어.
머리 위로 쏟아지는 별빛들
쏴~~풀들이 바람에 흔들리던 소리
단짝친구와 함께 한 스무 살의 그때

돌이켜보면 아무것도 아닌 것에 집중하고 고민하던
인생을 논할 거리도 없었고
마냥 산이 좋았었던 산아가씨
헉헉거리며 무거운 배낭을 지며
세상 무서운 줄 모르고 이산 저산 넘나들던 시절

20여 년의 세월이 지나서
뜨끈한 아랫목에서 일어나고 싶지 않는
바람이 불면 옷깃 단단히 치켜세우는
뼈가 시린 중년의 여인이 되어있네.

10년 후의 나에게 (쉼의 나에게)

너무 앞만 보고 달려온 것 아니니.

유유자적하게 거닐기도 하고
스스로를 위한 시간을 보내면 보내지 그랬어.

아이가 크는 동안 더 많은 시간을 함께 해주지 그랬어.
이제는 친구들과 함께하길 좋다 하는데
온전히 아이에게 집중하는 시간을 많이 보낼 걸 그랬어.

10년이나 나이 들어 버린 우리 어머니,
키도 더 작아져 버리고 더 마르셨네.
당신의 잔소리에 '네'하며 들어드릴 걸 그랬어.

10년이나 나이 들어버린 친정아버지, 어머니
일주일에 한 번씩이라도 안부전화드릴 것을.
건강하실 때 함께 여행가고 더 많이 찾아뵐 걸 그랬어.

항상 총각 같던 멋진 신랑, 정말 푸짐한 아저씨가 되어 버렸어.
쑥스럽지만 '사랑해'라고 얘기 해줄 걸.
그리고 먼저 입맞춤해줄 걸 그랬어.

그럴 걸 그랬어.

10전 전에 말야.

천국의 일상

황금 주말

아침 해가 창문으로 한가득 들어오면
커피 한잔 들고 어슬렁거리며
천천히 핑크빛 블라인드를 걷는다.
가장 좋은 내 책상에 앉아
펜 하나 들고 긁적대고 있으면

창밖에 나무들은 흔들거리고
태양은 따뜻하게 빛을 내려 주고
간밤에 별빛을 기억하며
황금의 새날을 맞는다.

어느 것도 부러울 것 없는 기분 좋은 나의 주말

나는 세상에서 제일 행복한 이.

지나친 배려

세상을 살아나가는데
지나친 배려심을 가진다는 것은
자꾸만 그를
나에게 길들이려고 애를 쓰는 것.

적절히
그와 나 사이에 투명선을 그어놓고
넘어가지 않기를 수없이 다짐하지만
항상 넘어가 버리고
혼자 가슴 앓는 이

오늘은 딱 여기까지만

더 이상 넘어가지 말기

천국의 일상

아이야

너의 눈동자엔 별빛이 가득하구나.
미지의 것에 대한 호기심과 장난기 가득한 표정
너의 빨간 입술엔 넘쳐나는 재잘거림.
너의 미소는 메마른 나의 가슴에 따뜻함을 피우고
또한 굳어버린 내 근육을 펴서 웃게 만드는구나.
너의 목소리는 천상으로 나를 이끌고
너를 바라보노라면 눈물이 날 만큼 행복하구나.

네가 있어서 세상이 이토록 아름답고
낮 동안 태양은 너를 위해 빛나고
밤에는 별과 달이 어김없이 너를 위해 찾아오는 구나.

때 묻은 마음이 네 앞에선 참으로 부끄럽기만 하구나.

비 맞는 느낌

비를 맞고 걸어가는 어떤 사람이 있다면
그는 참 외로운 사람인가 보다.

이유 없이 비를 맞고 싶다면
아마 나도 외롭기 때문인가 보다.
눈물을 흘릴 수 없어서
비를 맞고 빗속에서 울 수 있을 것만 같다.

온몸으로 비를 맞으면
지독한 외로움 빗속에 덮을 수 있을 것 같다.

비가 오는 날
굳이 우산을 준비하지 않고
그냥 걷고 싶다.

제목 : 비 맞는 느낌
시낭송 : 박순애
스마트폰으로 QR 코드를 스캔하면
시낭송을 감상할 수 있습니다.

천국의 일상

종합병원

병원은 이른 아침부터 사람들로 넘쳐난다.
멍들고 찢기고 콜록이고, 또 절뚝거리고
모든 종류의 질병을 한데 모아 놓은 사람들이
이비인후과, 내과, 정형외과, 소아과
각자 필요한 곳에 한데 모여
자신의 순서를 기다리며 앉아 있다.

내가 필요한 곳은 이비인후과, 산부인과…
마음도 많이 아픈데 이것은 무슨 과로 가야 되는가.

있잖아, 마음이 아픈 것은
울고 싶을 때 혼자 실컷 울고
그리고 아무 일 없었다는 듯 일상으로 돌아가는 거야.
바쁜 일상의 쳇바퀴를 달리다 보면
그냥 잊혀지는 것,

사실 나는 그 방법 밖에 모른다.

잿빛 하늘

비도 오지 않는 찌뿌둥한 잿빛 하늘
날씨 덕분에 내 마음도 어수선스럽다.

그리울 것도 없는데
그립다
슬플 것도 없는데
슬프다.

눈이라도
혹은 비라도
속 시원히 내리면 좋으련만

변덕스런 날씨에
줏대 없는 내 마음도 이리저리 흔들린다.

천국의 일상

인연이란 것

이렇게 될 줄 알았다면
만나지나 말 것을
너와 함께 한 그 짧은 시간 동안
설레임, 기다림 이 나의 감정들은 휴짓조각처럼 부서져 버린다.

꿈속에서 깨고 싶지 않아
긴 꿈속에 있는 것이라 생각해도
꿈이 아닌 현실에 있는 나

가슴 속에 쌓여 있는 거대한 슬픔 덩어리를 안고
아무렇지도 않은 채 다시 일상으로
돌아가야 하는 시간
꿈이면 좋으련만
정녕 긴 꿈이라면 좋으련만.

지혜를 기다리는 태우

"어머니, 지혜는 언제 나와요?"
"시간이 더 걸릴 것 같아."
"이번에는 실패하면 안돼요."
새해에 갓 7살 된 아들이
내게 팔베개를 해주며 묻는다.
"태우 팔 아프잖아. 안 해줘도 된단다."
"어머니가 팔베개 많이 해주셨잖아요."
세상에서 가장 소중한 아들이
어른스럽게 엄마를 안아준다.

몇 마디 하자마다 금세 큰 숨을 내쉬며
꿈나라로 가버린다.
동생을 손꼽아 기다리는 아들.

어둠 속에서 눈물이 볼을 타고 흐른다.

태우는 아직
지혜가 하늘나라로 간 것을 모른다.
손가락으로 개월 수 계산하며
날짜 세고 있는 우리 태우,
'엄마가 참 못났구나.'

천국의 일상

생 과 사

항생제주사 바늘을 꽂는 순간
나는 이미 알고 있었다.

어미가 살기 위해 아기는 서서히 힘들어하며
싸늘히 식어가는 것을
두 볼에 눈물이 흐르지만
참을 수 없는 몸부림으로
뜨거운 액체들이 혈관을 타고 흐르는 것을
느낄 수밖에 없었다.

못난 애미는 삶의 자락을 쥐려고
가여운 너를 지킬 수 없었다.
그 새벽 어느 하늘에 유성이 하나 떨어졌다.

시를 쓰라 하네

창밖으로는 칼바람 소리가 윙윙거리고
햇볕은 내리쬐는데 나무들은 흔들거리네.
모두 다 바쁜 일상 속에
창밖만 바라보노라면
시를 쓰라 하네.

바쁜 걸음으로 어서 걸어야 하는데
숨을 헐떡이며 뛰기도 하고
쉬지 않고 바삐 가도 모자란 시간인데

허약한 몸에 찾아온 반갑지 않은 손님에
현기증 나는 몽둥이를 세워
시를 쓰라 하네.

그만하면 됐다고
조금은 쉬어가라는 나쁜 손님
원망하며 째깍째깍 초침소리 들리는데
시를 쓰라 하네.

천국의 일상

만남

만남이라는 거
내가 아무리 좋아서 모든 것을 다 내어 준다 해도
사람 마음이라는 것
너와 나의 마음이 한마음이 되지 않으면
허공에 울리는 메아리 밖에 되지 않음을.

알면서도 참 바보 같은 사람은
외사랑으로 기뻐하고 슬퍼하고 홀로
난리부르스를 춘다.

너와 나의 마음이 한마음이 된다는 것
그것은 아마 기적 같은 일이리라.
변치 않을 그 기적이 우리네 인생에 얼마나 찾아올런가.

바람으로 오시나요

아무것도 남지 않은 빈 가슴으로
멍하니 앉아 있노라면
살포시 바람이 스쳐 지나간다.

보고 싶은 그 사람의 어루만짐으로
바람에 기대 운다.

바람이 불면
그대의 어루만짐처럼
한줄기 눈물이 볼을 타 흐르고
오늘을 살아가는
하루의 위안을 준다.

엄마

가장 절박할 때에 나오는 외마디
'엄마'
끙끙 앓아 곧 죽어갈 때 나오는 외마디
'엄마'
긴 고통 뒤에 이윽고
꿈에 그리던 엄마를 만나게 되면
평온을 되찾고 착한 아이가 된다.

엄마는 존재만으로도
내 삶의 만병통치약이다.

엄마말씀

비가 온단다. 우산 들고 가거라
맑은 하늘에 비가 올 것 같지 않아 그냥 나갔다
쫄딱 비를 맞았지.

바람이 많이 분단다. 외투 걸치거라.
짧은 치마에 멋내기 좋아하는 딸내미는
외투도 없이 나갔다가 감기에 걸렸지.

돈을 좇지 말고 행복을 좇거라.
쪼글쪼글 할매가 되어 버린 우리엄마는
평생을 그렇게 자식 걱정하다
정작 당신의 행복은 찾지 못하시고

비가 오면 비가 오는 대로
바람 불면 바람 부는 대로
오늘도 내일도
흰머리가 희끗희끗한 자식인데도
걱정뿐이시다.

천국의 일상

종합병원 응급실

체온계가 더 이상 올라갈 수 없을 만큼 뜨거워진 열과
원인 모를 염증에
간호사, 레지던트, 내과, 이비인후과, 산부인과
종류별 의사들이 들어와 청진기를 들이대고
똑같은 질문을 쉴 새 없이 한다.
숨쉬기도 힘든 사람에
똑같은 숨쉬기를 여러 번
피 뽑기를 여러 번,
주삿바늘을 더 이상 찔러 놓을 곳도 없다.
눈알 뼈가 부러졌다느니
머리를 몇 방 꿰매야 된다느니
가래 섞인 기침 소리, 노인 앓는 소리, 아기 울음소리
곡소리, 욕소리..
나는 지금 지옥문에 있다.

천국

병상에서 아픈 몸뚱이를 부여잡고
뒹구는 사람에게 물어보라
천국이 어디인지

아무것도 하릴없이 빈둥거리는
사람에게 물어보라
천국이 어디인지

꿈을 잃고 신문지 몇 장으로
추위를 떨쳐내는 거리의 사람에게 물어보라
천국이 어디인지

한줄기 빛을 보며
자유로웠던 날들을 꿈꾸는 검은 쪽방의
죄수에게 물어보라
천국이 어디인지

내가 있어야 하는 이유
나를 필요로 하는 곳이 있을 때
그곳이 천국인 것을
나는 알았다.

천국의 일상

일상이란 것

눈뜰 때부터 이미 전쟁처럼 하루가 시작된다.
새들은 일찌감치 떼 지어 날갯짓하고
그런 아침 하늘 감상할 시간 따위는 애초부터 없었던 것
모두 다 바쁘게 돌아가는 세상
느림은 어느 곳에서도 찾아볼 수 없는 것,
남의 슬픔 따위엔 관심 가질 틈 없이
저마다 혼자만의 슬픔을 간직한 사람들이
밝은 가면을 쓴 채
하하 호호 웃으며 오늘 속에 던져진다.
일상이란 그렇게 연극처럼 살아가는 것.

슬픈 꿈

눈을 감고 자고 일어나면
다 괜찮아 질 거야
이 모든 것이 꿈같이 지나가 버릴 거야

어렸을 때 울고 한밤 자고 나면
모든 것이 괜찮아 지듯이

이 밤 지나가면
이 슬픔도 어두운 밤에 묻혀 버릴 거야.

이글거리며 떠오르는 태양과 같이
다시 하루를 시작해야지

아침을 여는 사람들

새벽하늘을 올려다보자
아직 아스라이 비추는 별 하나와
모습을 숨기지 못한 열은 달 하나.
붓으로 아무렇게나 그려놓은 듯한 쪽빛 하늘

이른 아침 그 새벽은
오직 아침을 여는 사람들의 것
가장 이른 아침의 정(淨)한 새벽을 소유하는 가난한 사람들.

맑은 공기 마시며
저마다의 가슴 속에 행복의 씨앗을 품고
드럼통 속 불씨에 몸을 녹인다.

아침이 서서히 밝아오면 사치스런 망상은 사라지고
두꺼운 갑옷으로 무장하고 일상 속에 던져지는 사람들.
사람들.

퇴근길에

노을이 퍼지고 구름이 붉게 타오르고 있는 저녁
나는 왠지 치열한 하루를 살아냈다는 승리감보다는
괜스레 허무감이 밀려오는 저녁시간
오늘 하루가 나에게 주는 의미를 생각해본다.

미소를 여기저기 뿌려두고
목청 높여 떠들어 대던 것
나의 주장을 관철시키려 했던 하루

노을 속으로
상처 입은 내가 비틀대며 걸어가고 있는 것만 같다.

이별을 고하는 낙엽

간밤의 겨울을 재촉하는 가을비에
거리에는 온통 노란 눈이 온 것처럼
단풍잎들이 떨어져 뒹굴며 침묵을 지킨다.
이제는 계절을 떠나야 한다고.

차가운 서리와 바람을 맞이하며
이별을 준비하라 한다.
쌓인 낙엽 지르밟으며 걸어갈 때
사각거리며 이제는 이별해야 한다고.

다시 돌아오겠노라 속삭이며
눈물 대신 웃음으로
해맑게 보내 주는 이여.
이제는 정말 안…녕…이라고.

윤슬 (태화강)

은멸치 떼가 뛰어 오르고 있는 것만 같았다.
보름달 휘영청 떠올라
달빛 담은 고요한 물결 반짝거리며
갈대들과 끊임없는 대화를 하고 있는 것만 같았다.
하늘하늘 흔들리듯 슬픔을 삭이며
이별하고 있는 것만 같았다.

윤슬 : 햇빛이나 달빛에 비치어 반짝이는 잔물결.

투명 비둘기

다음 기차를 기다리는 승객들
스마트 폰에 고개를 떨어뜨린 사람들
역사에 비둘기 한 마리 날아 들어와
대리석 바닥을 아장아장 걷다가 미끄러지다가

행여나 먹이를 찾아 들어왔는가 야윈 비둘기 한 마리는
자꾸만 미끄러지며 투명한 바닥을 비틀거리듯 걸어만 간다.

저마다의 세계에 빠진 무심한 사람들
과자 부스러기 하나 짤 없는 인정 없는 사람들

비둘기는 투명인간처럼 그 사이를
유유자적 어설픈 걸음걸이로
스케이트 타듯 미끄러져 나간다.

어느 고양이가족 참변사

차들도 뜸한 새벽녘에 고양이 두 마리 대로 한가운데 있다.
한 마리는 차에 치여 쓰러져있고 그 옆을
지키는 또 한 마리

건너편에 지켜보는 새끼 세 마리
고양이가족들 어두운 밤에
대로를 건너가 변을 당하고
남은 가족들도 자리를 떠나지 못한다.

술 취한 듯 고개운전
내기나 하듯 쌩쌩 달리는 위험천만한 그 밤에

생과 사를 달리한 슬픈 고양이 가족.

천국의 일상

부부

옷깃이 스쳐 우연히 만나서
서로에 들여다 보매
인연이 되었네.

너와 내가 한곳을 보매
함께 웃고 함께 울고
그런 사이가 되었네.

이제는 너와 나 사이에
예쁜 별 하나 두고
한세상 함께 하자 하네.

선물 받은 시간

모두에게 매일매일 공평히 주어진 24시간,

9시간 일하고
7시간 어영부영
8시간 자고
시간을 쪼개보니 허튼 시간을 많이도 보내는 나.

그 시간 속에 어떤 사연들을 담을까.
오늘은 비가 오니 조금 우울한 사연들을 담을까
그래도 보고 싶은 사람 만나 웃음꽃 피어 낼까.

오늘도 감사히 화수분 같은 시간 선물 받고

어찌 채워나갈지 따뜻한 차 한 잔으로 궁리 하고 있는 나.

천국의 일상

새로운 아침

새벽길에 안개가 자욱하다.
신비의 세계로 들어가는 듯
몽롱한 바깥풍경
즐겨듣는 시 한 편 감상하며 아침을 연다.

오전 6시 55분
사무실에 앉아 있노라니
사람들의 기상을 재촉하는 듯,
새들은 날이 다 밝아서야 하나 둘 지저귀기 시작한다.

여러 감상적인 생각은 어둠이 남아 있어야 가능하고
완전히 다 밝아서 나의 애수는
빛과 함께 사라져 버린다.

일상으로 들어가야 되는 시간,

안녕하세요~
주명희입니다.

아파트 세 들어 사는 고양이 가족

고소한 냄새 폴폴 풍기며
밤마실 나가는 아낙네들
잡채 한 접시 들고 서서 웃으며
이야기 삼매경에 빠졌네.

엄마야!

똑같은 옅은 갈색의 고양이 네 마리가
우리를 감싸고 앉아 있네.
고양이 가족이 올망졸망 우리를
목이 빠져라 구경하네.

"개체수 증가로 음식물 주지 마세요" 경고를 떠올리며
돌아오는데, 고양이 가족들
'밥은 먹고 다니니… 산다는 건 참 어려운 일이야.'

타인의 눈치를 보며 밥도 줄 수 없는 소심한 인간이여!
나는 어쩔 수 없는 세속의 한낱 인간일 뿐.

천국의 일상

메기이론

청어 살려! 청어 살려!
다급한 청어들의 날뜀, 이리저리 한데 엉겨
너 나 할 것 없이 난리 통이다.

북해의 넓은 바다 유유자적 헤엄치다
어부의 그물에 걸려 먼 길 떠나는 청어들
난데없는 소란의 주도자는 메기 한 마리.

느긋하게 행복의 노래 부르며 만찬 즐기는데
억울한 청어들은 필사적인 줄행랑으로 생사를 오간다.

고동소리 울리면
뭍에 도착한 승리의 청어들
빛나는 푸른 비늘 뽐내며
어시장의 주인공이 된다.

몸값 비싼 청어 납신다, 이리 오너라!

우는 어린나무

아파트 작은 못 옆에 뿌리째로 뽑혀 팽개쳐진
어린나무가 울고 있었다.

수초들은 물결 따라 바람 따라 하늘거리고
떨어진 색색의 나뭇잎도 한잎 두잎 떠내려만 간다.

지나가는 많은 무심한 이들은 아랑곳하지 않아
세상의 모든 것에 생명이 있음을 알아주길 바라노니
저 어린 나무의 울음소리를 들을 수 있기를 희망한다.

파헤쳐진 흙구덩이에 뿌리째로 고이 넣어 흙으로 덮어주었다.
큰 나무로 자라거라 인사하며.

천국의 일상

커피숍 국화꽃

도로변에 아담한 커피숍 아치에
국화꽃다발 같은 화분이 늘어져 있어
내 눈길을 사로잡네.

자세히 들여다보니 내가 그 화분을 보는 것이 아니라

계절의 향기를 풍기며 국화꽃들이 지나가는 사람들을
그리고 나를 구경하며 있는 것을 알게 되었네.

계절의 변화를 알고 가을을 찾아 피어나는
활짝 핀 아이들을 보고 있노라면 넉넉해지는 가을의
소리 없이 울고 있던 나는 어디론가 사라져 흔적이 없네.

천국

사후세계를 논하며 저마다의 천국을 꿈꾼다.
정말 천국이 어딘가에 있는 걸까
그곳은 행복으로 넘쳐 나는 걸까

오늘 하루 아옹다옹 치열하게 살아내고
고단한 몸 이끌고 집으로 돌아오는 길
지는 노을에 잠시 넋을 잃는다.

우리만의 아지트
강아지 같은 내 새끼 달려오고
사랑하는 가족들 반겨주며 오순도순 한 끼 식사

적당히 따뜻한 물로 샤워하고 노곤해지면
이불 덮고 불 끄는 것,

아무런 걱정 없이 꿈속을 날아다니는 것
나는 매일 천국에 와 있는 것을.

천국의 일상

가을 미륵산

한발 한발 옮기는 발걸음, 너를 처음 찾는 손님에
나뭇잎 한잎 두잎 가는 걸음마다 반가웁게 떨어 뜨려주네.
붉고 붉은 망개열매가지는 가을볕에 곱게 말려 지천으로
놓아두었구나.

하늘 닮은 바다와
파랑, 주황, 노랑 색색의 지붕이 있는 마을과
소곤거리듯 옹기종기 떠 있는 이름 모를 섬들이
예쁜 풍경화를 선사해주네.

미륵산이 내게 준 고운 단풍 고이고이 주머니에 모셔
도시로 돌아와 꺼내어 보니 주머니에서 잘게 부서진 낙엽가루가
되어 있네.

옮겨 오려했던 가을산은 나에게 한여름 밤의 꿈처럼
그렇게 바람에 날려 보낼 수밖에 없었네.

들꽃으로 피어나고 싶네.

아름다운 한 떨기 장미보다
나는 이름 없는 들꽃으로 피어나고 싶네.

한데 모여 동무들과 소박하게 웃음 짓고
고난에도 흔들리지 않는 강인한 생명력

사시사철 피어야 할 때를 알고 사라져 버리는 이
화려한 향기도 없고 수줍음 많은 소녀처럼 바람에 하늘거리네.

나는 네가 왠지 좋아 너를 닮고 싶구나!

가는 걸음 멈춰서 들여다보는 어느 너그러운 이의
가슴에 잔잔한 감동 던져주는
들꽃으로 그렇게 살고 싶네.

천국의 일상

승리의 오늘

삶은 치열하게 산자의 몫
하루하루 극본을 쓰고
나만의 이야기를 차곡차곡 쌓아 완성해가는 한편의 대서사시

때때로 기억의 파편들을 떠 올리며
감정을 실어서 웃기도, 울기도
마음이 내키는 대로 극본, 연출, 감독까지

어중이떠중이 엑스트라까지 아우르는 나는
유능한 극본가이자 연출가
총감독까지 오늘도 레디액션!

마흔의 어느 날

인생을 이야기하기에 사십여 년의 시간이 어설프지는 않다.

집으로 돌아오는 기차 안에서
황금들녘 바라보며 풍요로움 가득 안고

수줍은 아가씨 볼 같은 노을빛 바라보며 순수의 시대를 기억하는 것
새벽 어스름 속에 찬란히 사라져가는 별빛을 아쉬워하는 것
때 되면 계절이 변화되는 자연의 이치를 받아들이며
순순히 시간의 흐름을 거스르지 아니하는 것
매일 아침, 오늘도 눈을 뜨고 아침햇살에 눈부심을 맞이하고
심장이 뛰고 새소리를 들을 수 있음에 감사한 마음 가지는 것

내 욕심은 이런 것으로 권태를 느끼지 아니하며
범사에 나무아미타불 관세음보살

천국의 일상

어른이 되기까지

'한 아이를 키우려면 온 마을이 필요하다'
라는 어느 아프리카 속담처럼
한 아이가 성인으로 성장하기 까지 365일이 몇 십 해가 지나고
몇 천일의 해가 뜨고 지기를 반복해야만 한다.

그 속에 매일같이 어린 것을 걱정하는 부모님의 한숨, 기쁨,
애환들이 서려있고
그 희노애락의 긴 터널 끝에
번데기가 허물을 벗고 아름다운 날갯짓하는 나비가 되듯이
그리하여 드디어 혼자 설 수 있는 성인으로 자라난다.

어느 누구도 쉽게 얻어진 생명은 없다.
어느 누구도 쉽게 홀로 성인이 된 이는 없다.

성인이 되기까지 많은 이들의 격려와 혹은 비난까지도 온몸으로
주워 담고
그리하여 세상 속에 던져져서 아웅다웅 얽혀
자신만의 찬란한 이야기를 써 내려간다.

가을볕이 따가운 이유

가을볕이 그리 아프도록 따가운 것은
겨울, 봄, 여름을 참아준 과일이며 곡식들을 터트려주기 위함이다.
풀벌레들 음악소리는 풍요로움 더해주고
열매들은 계절을 다 보내면서 곱게 곱게 익어
가을 어느 햇살에 마지막 열정을 터트리며
과육! 탐스럽게 영글어 마침내 우리에게 와 주었다.
365일 손꼽아 터뜨린 그 열정의 결정체
잘나든 못나든 그대로의 순수함을 인정하며
감사히 취하겠습니다.

천국의 일상

회색빛 날

그분 가시는 날엔
온통 세상은 비가 내리고 회색빛이었다.
40여 년으로 쓸 수 있는 것은 그리 많지 않았다.

죽음이라는 것을 알기엔 너무나 어린 두 아들
장난기 가득한 해맑은 얼굴

있어야 할 엄마의 그림자가 더 이상 없음을 알게 되면
그때에 어린 것들에 크나큰 슬픔이 밀려올 것이다.
눈이 따갑고 뜨거운 것이 볼을 타고 흐른다.

그분 누워계신 딱딱한 관이 차가운 땅 속으로 들어가고
눈물 섞인 흙이 뿌려질 때 분명 화창한 날이었건만
어찌하여 내 가슴엔 뿌연 잿빛 하늘로 기억 되는 것인가.
어찌하여 내 가슴엔 비가 내리는 것인가.

흐린 날엔,
비가 오는 날엔,

'어두운 땅 속, 추우시겠다'
내 마음엔 그날처럼 비가 내리고 있다.

지인을 떠나 보내며

부추꽃

하늘에서 필시
별들이 알알이 떨어져 박힌 게야.
올망졸망 한데 모여 사이좋게 꽃잎 터트리는 하이얀 꽃 아이들
초가을에 이른 눈이라도 내렸나, 하얀 꿈을 그린다.
밤에는 보름달 바라보며 떠나온 하늘을 그리워하네.
총총 별들 올려다보며 인간사 바람결에 실어 보내는 거야.

천국의 일상

내 마음의 계산기

더 주고 덜 받고
요리조리 가감 셈을 하며 저마다 맘속에 계산기를 두드리며
웃으며 마주하고 있다.

셈이 빠른 이, 셈이 더딘 이, 셈을 모르는 이
더 주기도 하고 덜 받기도 하고

복잡한 세상이여

맘속에 계산기를 없애버리고
본연의 모습으로 마주하자.

당신으로 세상이 조금 더 따뜻해졌습니다.

내가 죽어 이 세상을 떠날 때는
눈물이 한줄기 흐르리라.
오해는 하지 마오.
슬픔의 눈물이 아니요,
한세상 좋았었노라 기쁨의 눈물인 것을.

내 묘엔 한 떨기 꽃으로 피어나면 좋을 것을
밤에는 별들과 벗하며
비도 맞고 바람도 맞고
느긋하게 새소리 들으며 아침을 맞고
바람소리 들으면서 평화를 즐기리라.
하늘 보며 시도 읊조리리라.

때때로 나를 기억하며 오는 벗에
바람에 살랑살랑 고갯짓하며
소곤거리듯 그렇게 당신을 보겠지요.

내 묘비엔 이렇게 넣어주세요.
"당신으로 세상이 조금 더 따뜻해졌습니다."

제목 : 당신으로 세상이
　　　　조금 더 따뜻해졌습니다.
시낭송 : 주명희
스마트폰으로 QR 코드를 스캔하면
시낭송을 감상할 수 있습니다.

천국의 일상

개망초

길가에 아무렇게나 피어있는 어여쁜 꽃이여.
까마귀 날자 배 떨어지듯이 너의 의지와 상관없이
망국의 기운을 불러왔다 하니 그 누가 사랑스런 너를
망초라 불렀느뇨.

하얗게 소담스런 너는
길가에 하늘하늘거리며 강인한 생명력으로 보란 듯이 삶을
충실히 살아가고 있구나.
하염없이 어여쁜 꽃이여.
나는 너에게 소담이라 부르리라.
이름이야 어떠하랴.

여름 한철 뜨겁게 태양을 껴안고 사랑하며 살았거늘
나의 사랑은 너의 사랑만큼 깊지 못하여
바람 불면 바람 따라 한없이 흔들리고 있다.
누가 뭐라해도 어여쁜 꽃이여.
오늘도 소박한 웃음을 아낌없이 주고 있구나.

영수굴비 한도롬

한도롬 색색의 끈으로 너의 신분을 알려주는 나란히 묶여진 굴비는
입을 벌리기도, 삐죽 내밀기도, 다물어버리기도 하고
하고 싶은 얘기를 다 풀어놓지 못하고
놀란 눈으로 박제되었다.

영수굴비 한도롬, 한도롬
작렬하는 가을볕 아래
서쪽에서 불어오는 바닷냄새 맡으며 떠나온 바다를 그리워한다.
추자도, 흑산도를 거쳐 산란을 위해 여행길에 나섰다가
어느 어부의 낚싯줄에 걸리었구나.

짭조름한 너의 살에
나의 살이 오르고 어느 소박한 식탁에도 화목을 피워주는구나.
고맙다 굴비야.

억만금 보석

숨기고 싶어도 숨길 수가 없는 것이
조금씩 .. 비집고 빛이 새어나고 있었다.
여러겹 여러겹 감싸도.. 자꾸만 흘러나오는 그 빛
형언할 수 없는 황홀스런 빛깔.

그의 쌓여온 이야기들이 만들어내는
이 세상 유일무이한 그 보석은
바로바로 끓어오르는 그이의 열정

가을토끼

여의도 수변생태공원 입구에 들어서자마자
흙투성이 흰 토끼 한 마리가 시체처럼 늘어져 있다.
가까이 보니 얕은 숨을 힘겹게 내쉬고 있다.

껄껄 혀를 차며 걷는 걸음들, 어어, 한켠으로 비켜 가는 걸음들.
가던 길 멈추고 나뭇잎에 물을 부어주니 할짝할짝 달게도 먹는다.
기운을 조금 차리고 두 뒷다리를 질질 끌며
길가를 가로지르려 한다.

충혈된 눈에는 눈물이 왈칵 쏟아질 듯
하얀 털은 듬성듬성 어데에 다 뽑히고
깡충깡충 뛰어가야 하는 예쁜 토끼가
저리도 힘들게 향하고 싶어하는 곳은 버린 주인에 대한 미련인가.

"토끼를 구조해주세요" 전화를 걸어두고 발걸음을 옮기지만
마음 한켠에 어린 토끼의 잔상이 남는다.

미치도록 빠지고 싶은 파란 가을 하늘 아래
아이들은 뛰어놀고
연인들은 사랑을 속삭이며 지나가지만

이 가을은 토끼에게만 슬픈 것이구나.

영천댁

가난한 살림살이의 큰 언니 같은 포근한 그분
큰 안경에 가리어진 선한 눈빛의 평범한 아낙이던 그분!

황금빛깔 보자기에서 곱게 곱게 풀어내는 속에
보기에도 무거워 보이는 낡은 성경책 한 권 어루만지며
가슴에 고이 간직하던 이야기를 풀어낸다.

성경책이 다 무어야 고리타분하게 생각했지만
3년에 걸쳐 그분에 청혼할 때 사부님께서 손수 적으신 성경이라
꿈속을 헤매고 계신 듯한 눈빛으로 말씀하시던 그분!

가슴에 황금빛 보자기 같은 잔잔한 물결이 흘러 넘쳤다.

귀하신 분, 귀하신 분!

아날로그 사람

정신없이, 정신없이 돌아가는 세상
자고 일어나면 새로운 것들이 쏟아져 나오는 시대에
019번호 2G핸드폰을 가진 젊은 사람이 있다.

시대에 한참이나 뒤떨어지고 게으른 젊은이
속으로 비아냥거리며 한심하게 생각하는 나였던 터,

아버지가 사용하시던 핸드폰과 번호를 유품으로
전화벨이 울릴 때마다 작고하신 아버지께 전화가 오는 것만 같다고
얘기하는 그 젊은이.
눈물을 참을 수 없어서 얼굴을 일그러뜨리며 울고 말았다.

천국의 일상

유년의 기억2

기차소리 들리는 언덕배기 시골집에
동네 어귀 가장 높은 곳에 자리 잡은 작은 집
서울 간 엄마를 기다리는 어린 자식들

엄마는 도망간 거라고 놀리는 동네 아이들 따윈 보기 싫어
혼자 노는 아이
작대기로 땅에다 그림을 그리다가
또는 풀들 돌멩이로 찧어서 반찬을 만들다가

콧물자국 땟국물로 범벅된 살튼 볼 시골 계집아이는
기적소리 들릴 때마다 두근반 세근반
엄마를 실어다 줄 기차소리인양
가장 먼저 저녁노을 퍼지는 언덕,
가장 먼저 별들이 고개를 내미는 집에
오늘도 내일도 엄마를 기다리며 잠든 어린 날들.

유년의 기억

해가 질 무렵 노을이 보이는 높은 곳에 위치한 시골집에
밤이 되면 이유 없이 시름시름 아픈 소녀가 있다.
귀신이 씌었다고 이름 모를 병으로 아버지와 어머니는
농사일도 내팽겨 두고
오토바이에 소녀를 태우고 대추나무 이웃집 노파에 빌린
쌈지돈을 들고
읍내의 병원으로 다녀보아도 원인을 모른다.
주삿바늘 꽂을데 없는 불어터진 손등도 아랑곳 않고
모진 어미는 주사를 놓아달라 간청한다.

노을이 퍼지고 해가 떨어질 무렵,
정릉할머니는 시퍼런 칼을 슥삭슥삭 갈았다.
누구를 위한 형형색색의 과일이며 떡이며 한상가득 차려놓고
웃는 돼지머리 위에 날이 선 칼을 고이 올려두고
재물 같은 시름거리는 소녀를 누여놓고
어머니, 아버지, 온 가족이 두 손 모아 주문을 외듯
염불인지, 기도인지를 한다.
날 선 칼이 무서웠는지, 혹은 가족들의 기도가 간절하였던지
그 후로 귀신은 소녀의 몸에서 물러났다.

천국의 일상

단풍

스물의 단풍은 아름다웠다.
나에게 온통 노랗고 마냥 웃음을 주었다.
외 사랑으로 두근두근 거렸던 스물의 단풍

서른의 단풍은 쓸쓸하였다.
무언가를 찾기 위해 부단히 노력하고
삶의 의미를 구하고 고뇌하던 밤들

마흔의 단풍은 향기롭다.
지나온 시간과 봄, 여름, 가을, 겨울의 계절을 담고 있는
그 잎사귀들을 이해하는 정제된 나를 만나게 한다.

들여다 보아요

들어다 보아요.
어느 것 하나 예쁘지 않은 것이 없습니다.

저마다 살아가는 의미가 있고 쉽게 던져진 돌멩이도
그곳에 있는 이유가 있을 테지요.

오래도록 서 있는 나무를 말하여 무엇 하겠습니까.
기나긴 인고의 세월 동안 그냥 그곳을 지켜왔을 뿐
굳이 사연을 알려하지 맙시다.
간직하고 있는 많은 사연들을 물어 무엇 하겠습니까.

곁눈질하며 도망쳐가는 야윈 길고양이도 슬픈 사연이 있을 테고
혹은 엉겨 붙은 털에 절뚝거리며 터벅터벅 걸어가는 강아지에게도
슬픔이 있을 터

웃고 있는 나이지만
못다 한 이야기들을 가슴에 품고 산답니다.
그 사연들 물어 무엇 하겠습니까.

천국의 일상

청도소싸움

빨간이 파란이 육중한 몸에
이름 대신 인두처럼 선명하게 박혀져 있는
거스를 수 없는 운명자국

누군들 평화를 원하지 않으리.

고래 같은 함성소리에 겁 많은 눈을 꿈벅이며
제보다 덩치 작은 사람의 손이 이끌려 나오는 구나

운명처럼 영원할 것 같은 굴레
시원스레 한줄기 비라도 내리면
하늘을 우러러 너의 슬픔을 마음껏 포효하려무나.

성묘

등 따갑게 내리쬐는 태양 아래
가지런히 세워진 비석 아래 누워있는 영혼이여
화려한 조화들로 죽은 자의 넋을 위로한다.

한세상 살다 가도 한 평 남짓한 곳에 육체를 가둘 수밖에 없는
슬플 것도 없는 인생이여
메뚜기, 여치들이 비석 사이를 오가며 죽은 자의 벗을 청한다.

못내 아쉬워 따르다만 소주병과 잔만이 덩그러니 남아있는 걸 보니
저이는 소주를 참으로 좋아하였나 보다.

산호빛깔 청명한 높은 하늘과 이 계절 또한 변함없을 진대
깔깔거리며 뛰어노는 아이들과
비석을 어루만지며 눈물짓는 노인
백 년도 다하지 못하는 우리네 인생
뭐 그리 욕심낼 것도 없이 너그러이 한세상 살다 가면 그만 일 것을

천국의 일상

천국의 일상

주명희 시집

초판 1쇄 : 2016년 7월 29일

지 은 이 : 주명희

펴 낸 이 : 김락호

디자인 편집 : 이은희

기 획 : 시사랑음악사랑

인 쇄 : 청룡

연 락 처 : 1899-1341

홈페이지 주소 : www.poemmusic.net

E-Mail : poemarts@hanmail.net

정가 : 12,000원

ISBN : 979-11-86373-42-2